¡Juguemos al fútbol y al football!

Let's Play Fútbol and Football!

René Colato Laínez

Ilustrado por / Illustrated by

Lancman Ink

ALFAGUARA

Chris se puso su camiseta y dijo: "¡Me encanta el *football*!", mientras salía corriendo de su casa.

Carlos se acomodó su camiseta y dijo: "¡Me encanta el fútbol!". Y salió de su casa como un rayo.

Chris put on his jersey and said "I love football!" as he ran out the door.

Carlos tucked in his jersey and said "I love *fútbol*!" as he dashed out of his house.

—Hola —dijo Carlos—. Me llamo Carlos. Soy tu nuevo vecino.

—*Hi* —dijo Chris—. Yo soy Chris. ¿Quieres jugar al *football*? —le preguntó.

—Sí —contestó Carlos—. ¡Juguemos al fútbol!

—Voy a buscar mi pelota —dijeron los dos, y cada uno corrió a su casa.

"*Hola,*" said Carlos. "My name is Carlos. I'm your new neighbor."

"Hi, I'm Chris," said Chris. "Do you want to play football?" he asked.

"*Sí,*" Carlos answered. "Let's play *fútbol*!"

"I will get my ball," they both said, and ran inside.

Chris regresó lanzando la pelota al aire. La atrapó, dio un paso hacia adelante y le arrojó la pelota a Carlos.

—¡*Touchdown!* —gritó Chris.

Chris came back, spinning his ball in the air. He caught the ball, took a step forward, and threw the ball to Carlos.

"Touchdown!" shouted Chris.

Carlos regresó haciendo malabares con la pelota en la cabeza, el pecho y las rodillas. Se movió con la pelota de derecha a izquierda.

—¡Goooooooool! —gritó, mientras pateaba la pelota en dirección a Chris.

Carlos came back juggling his ball on his head, chest, and knees. He dribbled the ball to the right and to the left.

"Goooooooooal!" Carlos hollered as he kicked the ball to Chris.

Chris atrapó la pelota de Carlos con las dos manos.

—¡Esta pelota es redonda! ¡Tú no estás jugando al *football*! Yo no puedo jugar contigo —dijo.

Carlos paró la pelota de Chris con el pie.

—¡Esta pelota es ovalada! ¡Tú no estás jugando al fútbol! Yo no puedo jugar contigo —dijo.

Chris caught Carlos's ball with his hands.

"This ball is round! You are not playing football! I cannot play with you," he said.

Carlos stopped Chris's ball with his foot.

"This ball is oval-shaped! You are not playing *fútbol*! I cannot play with you," he said.

—*Bye* —dijo Chris.

—Adiós —dijo Carlos.

Y cada uno se fue para su casa.

"Bye," said Chris.

"*Adiós,*" said Carlos.

And they both headed home.

Mientras se alejaba, Chris lanzó su pelota al aire. Carlos la siguió con los ojos.

As Chris walked away, he threw his ball in the air. Carlos followed the ball with his eyes.

Carlos pateó su pelota. La pelota rodó por el pasto y chocó contra un árbol a toda velocidad.

Carlos kicked his ball. The ball rolled on the ground and hit a tree at full speed.

Ambos niños se detuvieron.

—¡Increíble! Tu pelota vuela como un avión —dijo Carlos—. Me gusta tu pelota.

—¡Buenísimo! —dijo Chris—. Tu pelota rueda más rápido que las llantas de un carro de carreras. Me gusta tu pelota.

The boys stopped.

"Wow! Your ball flies like an airplane," said Carlos. "I like your ball."

"Cool!" said Chris. "Your ball rolls faster than the wheels on a race car. I like your ball."

—Déjame enseñarte a jugar al *football* —dijo Chris.

Alzó la pelota frente a su pecho, luego retrocedió y lanzó la pelota hacia Carlos. La pelota voló por el aire en espiral. Carlos corrió a atraparla.

—¡*Touchdown!* —gritó Chris.

"Let me show you how to play football," said Chris.

He held the ball in front of his chest, then he moved backward and threw the ball to Carlos. The ball soared in the air with a spiral. Carlos ran to catch it.

"Touchdown!" yelled Chris.

—Déjame enseñarte a jugar al fútbol —dijo Carlos—. Párate allí y trata de bloquear la pelota.

Chris se paró delante de la meta para atrapar la pelota. Carlos la pateó.

—¡Gooooooooool! —gritó Carlos.

"Let me show you how to play *fútbol,*" said Carlos. "Stand there and try to block the ball."

Chris stood in front of the goal line ready to trap the ball. Carlos kicked it.

"Gooooooooal!" yelled Carlos.

—¡Yo quiero anotar un *touchdown*!
Quiero jugar al *football* —dijo Carlos.

Entonces, se pusieron a jugar al *football*.
Despejaron, atajaron y se pasaron la pelota.

“I want to score a touchdown! I want to play football,” said Carlos.

So, they decided to play football. They punted, tackled, and passed the ball.

—¡Yo quiero meter un gol! Quiero jugar al fútbol —dijo Chris.

Entonces, esta vez se pusieron a jugar al fútbol. Cabecearon, atraparon y patearon la pelota.

"I want to score a goal! I want to play *fútbol,*" said Chris.

So, they decided to play *fútbol* now. They headed, trapped, and kicked the ball.

—¡Goooooooool! —gritó Chris.

—¡*Touchdown!* —gritó Carlos.

Chocaron las manos y dijeron al mismo tiempo:

—¡Juguemos al fútbol y al *football*!

“Gooooooooal!” hollered Chris.

“Touchdown!” screamed Carlos.

They gave each other a high five and said at the same time:

“Let’s play *fútbol* and football!”

El fútbol y el *football*
Fútbol and Football

El **fútbol** nació en Gran Bretaña y es uno de los deportes más populares del mundo. Es uno de los deportes favoritos de la gente que habla español. Algunos lo llaman "futbol", es decir, con el acento en "bol" [futból]. En inglés americano se llama *soccer*.

El **fútbol americano** se inventó en Estados Unidos a partir del *rugby*, un deporte que también nació en Gran Bretaña. Es uno de los deportes más populares entre los estadounidenses. En inglés americano se llama simplemente ***football*** (se pronuncia muy parecido a "fútbol").

En el **fútbol**, la pelota es redonda y se golpea con los pies. También se pueden usar otras partes del cuerpo, como las rodillas, el pecho y la cabeza. *A veces* la pelota se puede tomar con las manos, pero solo para comenzar algunas jugadas. El "arquero" es el único que puede usar las manos todo el tiempo. En el **fútbol americano**, la pelota es ovalada y casi todo el tiempo se usan las manos para atraparla y pasarla. *A veces* la pelota se patea, es decir, se golpea con el pie.

Fútbol was born in Great Britain and is one of the most popular sports in the world. It is also one of the favorite sports of people who speak Spanish. In American English it is called **soccer**.

Football was invented in the United States based on the game of rugby, which also came from Great Britain. It is one of the most popular sports among Americans. It is called "American football" outside of the United States. The Spanish word *fútbol* is pronounced in a way that sounds very similar to the English word "football."

In **soccer** the ball is round and is hit with the feet. It can also be touched by other parts of the body, including the knees, chest, and head. *Sometimes* the ball can be held in the hands, but only to put it into play. The "goalkeeper" is the only player allowed to touch the ball with his hands at any time. In **football**, the ball is oval-shaped and most of the time the hands are used to catch and throw it. *Sometimes* the ball is also kicked, or hit with the feet.

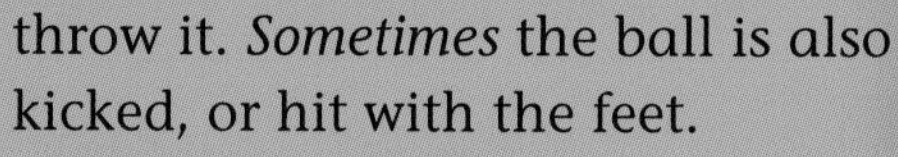

Glosario • Glossary

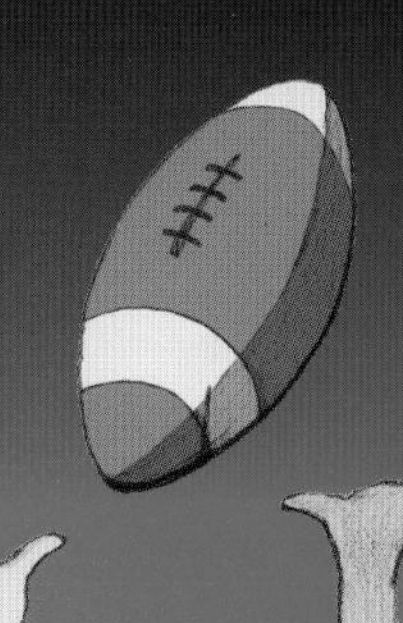

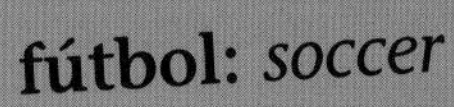

fútbol: *soccer*
hacer malabares: *juggle*
gol: *goal*
meta: *goal line*
cabecear: *head*
atrapar: *trap*
patear: *kick*

football: fútbol americano
touchdown: anotación de 6 puntos
punt: despejar
tackle: atajar
pass: pasar

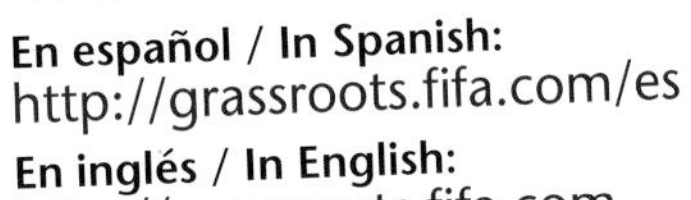

En español / In Spanish:
http://grassroots.fifa.com/es
En inglés / In English:
http://grassroots.fifa.com

Visita estos sitios en Internet si quieres aprender más sobre el fútbol y el *football.*

En español / In Spanish:
http://nfl.univision.com
En inglés / In English:
http://www.nflrush.com

Visit these Internet sites if you want to learn more about *fútbol* and football.

Para el maestro Ricardo Loredo y su clase de 5.º grado en la Escuela Primaria Fernangeles (en Los Ángeles, California), a quienes les encanta jugar al fútbol y al football.

To fifth–grade teacher Ricardo Loredo and his students in Fernangeles Elementary School (in Los Angeles, California), who love to play fútbol *and football.*

R.C.L.

2023 NW 84th Avenue
Doral, FL 33122, USA
www.santillanausa.com

www.renecolatolainez.com

Managing Editor: Isabel C. Mendoza
Art Director: Mónica Candelas
Cover Design: Grafika LLC
Illustrations: Lancman Ink

¡Juguemos al fútbol y al football! /
Let's Play Fútbol *and Football!*
ISBN: 978-0-88272-3-280

Alfaguara is part of the **Santillana Group**, with offices in the following countries:

ARGENTINA, BOLIVIA, BRAZIL, CHILE, COLOMBIA, COSTA RICA, DOMINICAN REPUBLIC, ECUADOR, EL SALVADOR, GUATEMALA, MEXICO, PANAMA, PARAGUAY, PERU, PORTUGAL, PUERTO RICO, SPAIN, UNITED STATES, URUGUAY, AND VENEZUELA

Published in the United States of America
Printed in China by Global Print Services, Inc.

17 16 15 14 13 1 2 3 4 5 6 7 8 9 10